ANNE DE BOULEN,

TRAGÉDIE LYRIQUE

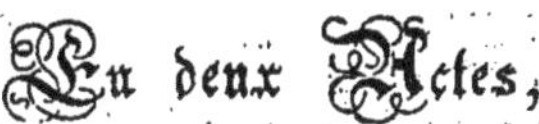

REPRÉSENTÉE POUR LA PREMIÈRE FOIS, A PARIS,
SUR LE THÉATRE ROYAL ITALIEN, SALLE FAVART,
Le 1er Septembre 1831.

TRADUCTION FRANÇAISE.

Prix : 1 franc 25 centimes.

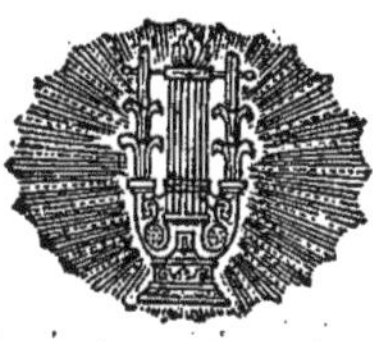

Paris,
AU THÉATRE ROYAL ITALIEN,
ET CHEZ ROULLET, LIBRAIRE DE L'ACADÉMIE ROYALE DE MUSIQUE,
Rue Sainte-Anne, n. 69.

IMP. DE DEZAUCHE, FAUB. MONTMARTRE, N. 11.

1831.

PERSONNAGES.	*ACTEURS.*
HENRI VIII, Roi d'Angleterre.	M. LABLACHE.
ANNE DE BOULEN, sa femme.	Mme PASTA.
JEANNE SEYMOUR, dame de la suite de la Reine.	Mme TADOLINI.
LORD ROCHEFORT, frère d'Anne de Boulen.	M. DE ROSA.
LORD RICHARD PERCY.	M. RUBINI.
SMETON, page et musicien de la Reine.	Mlle MICHEL.
SIR HERVEY, officier des gardes du Roi.	M. FORGAS.

CHOEURS. Seigneurs de la Cour, Dames d'honneur, Chasseurs.

FIGURANS et COMPARSES. Officiers, Écuyers, Schérifs, Pages, Soldats, Chasseurs.

La Scène est en Angleterre, en 1536.

Le premier acte se passe au château de Windsor; le second, à Londres.

La Musique est del signor maestro GAETANO DONNIZZETTI.

N. B. LA MUSIQUE DE CET OPÉRA SE TROUVE AU MAGASIN DE M. PACINI, ÉDITEUR DES OUVRAGES DE ROSSINI, BOULEVART DES ITALIENS, N° 11.

ANNE DE BOULEN.

ACTE PREMIER.

SCÈNE PREMIÈRE.

Le Théâtre représente un salon du château de Windsor, dans les appartemens de la Reine.

(*Plusieurs personnes entrent et sortent de différens côtés; les uns se promènent en causant, d'autres s'asseyent.*)

CHOEUR de *Seigneurs de la Cour.* (*Toujours à demi-voix.*)

1. Le roi n'a pas paru?

2. Silence.....
Il n'est pas encore arrivé?

1. Et la reine?....
Elle en gémit en secret de son absence.... Son étoile commence à pâlir.

TOUS. Le cœur volage de Henri brûle d'une nouvelle flamme.

1. Tout l'annonce.

2. Tout le fait croire.

TOUS. Hélas! l'adversité vient d'atteindre Anne de Boulen avec la rapidité de la foudre. Le juste ciel venge Catherine d'Aragon, bannie du trône. — Ah! notre malheureuse reine est peut-être réservée à de plus grands malheurs.

SCÈNE II.

JEANNE SEYMOUR, et LES PRÉCÉDENS.

J. Elle m'a demandée avec plus d'empressement qu'à l'ordinaire..... Elle!.... Pourquoi?... Quel trouble!...

Quel doute funeste !.... Lorsque je suis près de ma victime, mon courage s'évanouit. Cruel amour, ou rends-moi insensible aux remords, ou cesse de m'enflammer.

SCÈNE III.

ANNE *paraît au fond du théâtre, suivie de ses dames d'honneur, des pages et des écuyers; tous se rangent pour la laisser passer, et d'un air respectueux, forment ensuite un cercle autour d'elle.* — SMETON *est du cortège. Silence général.*

A. Jamais je ne vis une assemblée si triste et si silencieuse. (*A Seymour.*) Toi même, toujours si gaie, tu crains maintenant de sourire.

J. Qui pourrait témoigner de l'alégresse, lorsque notre Reine paraît affligée?

A. Oui, je l'avoue, la tristesse m'accable, et j'en ignore la raison. Un trouble inexprimable m'agite depuis plusieurs jours....

S. (*A part.*) L'infortunée !

J. (*A part.*) Je tremble à chaque mot qu'elle prononce.

A. Smeton n'est pas ici ?

S. (*S'avançant.*) Madame !

A. (*A Smeton.*) Approchez-vous : pendant que nous attendons le roi, veuillez charmer ma cour par vos accens mélodieux.

J. (*A part.*) Ah ! je respire !

A. (*Aux dames de sa suite.*) Asseyez-vous. (*Les dames s'asseyent; les seigneurs de la cour forment plusieurs groupes. On apporte une harpe à Smeton, qui, après un court prélude, chante la romance suivante.*)

ROMANCE.

I.

De grâce, ne cherchez pas à feindre la gaîté ; votre tristesse a autant de charmes que votre doux sourire : de même l'aurore n'est pas moins belle, lorsqu'elle est entourée de nuages, et Phœbé, lançant de pâles rayons, n'a pas moins d'attraits que lorsqu'elle brille de tout son éclat.

(*Anne paraît plus pensive; Smeton poursuit d'une voix plus animée, et dit :*)

2.

En vous voyant si triste et silencieuse, on vous compare à l'innocente et jeune victime qui pleure ses premières amours, et oubliant la couronne qui ceint votre front, l'on gémit avec vous, et l'on déplore une aussi funeste ardeur.

A. (*Se levant d'un air très-ému.*) Cessez, hélas! cessez...

S. Madame!... Oh ciel!

CHOEUR. (*A part.*) Elle est émue.... agitée....

A. (*A part.*) Quel trouble, hélas! ce jeune homme a répandu dans mon cœur, sans s'en douter!.... Ma première flamme n'est pas encore tout-à-fait éteinte... Ah! combien je regrette qu'une nouvelle passion ait pénétré dans mon cœur! Je suis très-malheureuse, et le vif éclat qui m'environne n'allége pas mes tourmens.

(*A tous ceux qui l'environnent.*)

Bientôt la nuit aura terminé son cours.

J. L'aube ne tardera pas à paraître.

A. Messieurs, vous pouvez partir.... Je ne crois pas que le roi vienne à présent. — Seymour, suis-moi. (*Elle s'appuie sur elle.*)

J. D'où vient le trouble qui vous agite?

A. Ah! si tu pouvais lire dans mon cœur! Mais personne ne saurait deviner ce que j'éprouve : le sort cruel me condamne à gémir en secret. Ah! si jamais la splendeur du trône avait pour toi des attraits, souviens-toi de ma peine, et ne te laisse pas séduire.

J. (*A part.*) Je n'ose pas la regarder, ni prononcer un mot.

CHOEUR. (*A part.*) Ah! puisse le sommeil lui faire goûter quelques instans de repos!

(*Anne sort suivie de Seymour, et de ses dames. L'assemblée se dissipe peu à peu : la scène reste vide, l'on ne voit plus briller d'autre lumière que celle d'un grand lustre qui éclaire le salon.*)

SCÈNE IV.

JEANNE *revient sur la scène, sortant des appartemens de la Reine ; elle est très-agitée.*

J. Ah ! qu'a-t-elle dit ? mon cœur en a été frappé.... Connaîtrait-on mon secret? l'aurais-je dévoilé moi-même sans m'en apercevoir? a-t-elle lu mon crime sur mon visage? Hélas! non.... Elle m'a pressée tendrement contre son cœur, ne se doutant pas qu'elle embrassait son ennemie.... Ah! si je pouvais me sauver du précipice, m'éloigner de ces lieux, et détruire le passé! Mais non.... Mon sort est irrévocable.... arrêté dans le ciel, comme notre dernier jour. (*On frappe à une porte secrète.*) Voici le roi! (*Elle va ouvrir.*)

SCÈNE V.

HENRI, et LA PRÉCÉDENTE.

H. Vous tremblez !

J. Oui, je l'avoue.

H. Que fait-elle?

J. Elle repose.

H. Elle est plus heureuse que moi!

J. De même, je ne puis goûter un instant de calme : que cette entrevue soit la dernière, sire, je vous en conjure....

H. Oui, je vous le promets : désormais nous ne devons plus nous voir en cachette : tout le monde doit savoir que je vous aime.

J. Non, non, jamais.... Je voudrais pouvoir cacher ma honte à tous les yeux.

H. L'amour de Henri est un titre de gloire....; il fut regardé comme tel par Anne et par toute l'Angleterre.

J. Oui, mais seulement après l'hymen.

H. Et voilà, Seymour, comme vous m'aimez?

J. M'aimez-vous autrement?

H. Ingrate! que désirez-vous?

J. D'être aimée et respectée publiquement.

DUO.

H. Vous le serez, je vous l'assure, au-delà de vos désirs. Le vif éclat, dont je suis environné, rejaillira sur vous. Pareille au soleil, dont rien n'égale la splendeur, Seymour n'aura pas de rivale.

J. Ce n'est qu'aux pieds de l'autel que je puis me mettre à l'abri des reproches. Ailleurs, je ne suis réservée qu'à la honte....; et cet autel...., il m'est défendu d'en approcher.... Le ciel et mon roi le savent... Ah! s'il est vrai que vous m'aimez, daignez sauver mon honneur.

H. (*D'un air mécontent.*) Oui.... je vous comprends.

J. Oh ciel! pourquoi donc ce courroux?

H. Ma peine égale mon ressentiment.

J. Sire!

H. Vous n'aimez en moi que le roi.

J. Moi!

H. Vous n'aspirez qu'au trône.

ENSEMBLE.

H. Anne aussi, ne m'offrit son cœur que parce qu'elle convoitait le trône d'Angleterre; elle aussi, désirait vivement la couronne de l'altière Catherine d'Aragon.... Elle l'obtint; mais on la vit bientôt vaciller sur sa tête. Une autre y aspira ensuite, pour son malheur!

J. Ah! je ne mérite pas ce reproche. Ce n'est pas moi qui vous ai offert mon cœur; vous me l'avez ravi. Ah! sire, daignez me le rendre.... Je serai plus malheureuse et beaucoup plus à plaindre qu'Anne de Boulen. Je souffrirai la honte d'être répudiée, et n'aurai pas trahi les droits sacrés d'un époux.

(*Jeanne s'éloigne en pleurant.*)

H. Vous me quittez!

J. Je le dois.

H. Arrêtez!

J. Je ne le puis.

H. Arrêtez! je vous l'ordonne. L'autel est prêt. Vous obtiendrez ma main, et monterez sur le trône.

J. Ciel!... Mais Anne de Boulen?

H. Je la hais....

J. Ah! sire....

H. Le jour de la vengeance est arrivé.

J. Et quel est son crime?

H. Le plus horrible qu'on puisse imaginer. Elle m'a donné un cœur qui ne lui appartenait plus!... Elle m'a trompé avant de devenir mon épouse...., et après aussi!

J. Et les nœuds qui vous lient?

H. Le roi va les briser.

J. Et comment?

H. Moi seul je le sais.

ENSEMBLE.

J. Ah! je n'ose pas insister davantage.... La douleur qui m'accable m'en empêche.... Mais qu'il me soit au moins permis d'espérer qu'on n'emploiera pas la violence. Ah! de grâce, faites en sorte que notre hyménée ne me coûte pas de remords!

H. Dissipe tes alarmes, et compte sur ton roi. Ah! puisse-t-il te voir désormais plus charmée d'un amour, grâce auquel tu vas lui appartenir à jamais ! Je désire que rien ne s'oppose à ton repos et à ton bonheur ; et cela sera.

(Henri sort par la porte secrète. Seymour rentre dans les appartemens de la reine.)

SCÈNE VI.

Le théâtre représente le parc du château de Windsor.

(Il fait jour.)

PERCY et ROCHEFORT, *arrivant de deux côtés opposés.*

R. Qui vois-je ? (*Se rencontrant.*) C'est vous, mon cher Percy ? Vous êtes revenu en Angleterre ?

(Ils s'embrassent.)

P. Cher ami, c'est un ordre du roi qui m'y ramène !... et je compte me présenter devant lui, lorsqu'il passera pour aller à la chasse. Après un si long exil, il serait bien doux pour tout autre de revoir sa patrie, et de respirer l'air natal ; mais moi, j'en éprouve du regret !

R. Mon cher Percy, tes malheurs ne t'ont pas changé au point d'être devenu méconnaissable à mes yeux.

P. Mes tourmens ne sont pas peints sur mon visage ; ils restent cachés au fond du cœur. Tendre ami, je n'ose pas te demander des nouvelles de ta sœur.

R. Elle est reine... Voilà tout son bonheur.

P. La renommée n'a donc pas menti ? Elle est malheureuse !... Le roi ne l'aime plus !

R. Et peut-on compter sur le bonheur, dans ce monde ?

P. Tu as raison. Rien n'est durable, et souvent le sort cruel nous ôte, ainsi qu'à moi, même l'espoir !

R. Parle bas.

P. Et que puis-je craindre ?

CAVATINE.

P. Le jour où je la perdis et fus condamné à l'exil, le jour où je m'embarquai, je commençai à détester la vie.....; tout disparut à mes yeux; je m'éloignai de tout le monde; dans tous les lieux où je m'arrêtai, je croyais voir mon tombeau.

R. Et tu viens rendre ta position mille fois plus pénible, en te rapprochant d'elle?

P. Sans former le moindre projet, j'obéis aveuglement aux arrêts du destin; cependant, au milieu de mes affreux tourmens, quelquefois la certitude que le hasard a pu venger mes maux, me fait sourire.

(On entend les sons de cors de chasse.)

R. On s'assemble pour la chasse... Ne dis plus rien, quelqu'un pourrait t'entendre.

SCÈNE VII.

(Des groupes de chasseurs s'avancent de plusieurs côtés; tout est en mouvement au fond de la scène. On voit accourir des pages, des écuyers et des gens armés de piques, etc., etc.

CHOEUR. Holà! pages, écuyers, accourez vite; que les meutes et les coursiers soient prêts; le roi doit sortir ce matin plus tôt qu'à l'ordinaire.

P. Anne aussi?

R. Silence!... peut-être, elle ne viendra pas avec lui.

P. Ah! dans les heureux jours de mon premier amour, lorsque je devais en voir l'aimable objet, mon cœur palpitait comme aujourd'hui. O ciel propice! rends-moi un seul de ces fortunés momens, et tranche ensuite mes jours! ma mort sera digne d'envie!

CHOEUR. Le roi approche; rangez-vous et présentez-lui vos respectueux hommages.

SCÈNE VIII.

(*Tout le monde se sépare en deux files.* ROCHEFORT *entraîne* PERCY *à l'écart;* HENRI *entre et passe au milieu du cortége; en même temps,* ANNE, *entourée de ses dames d'honneur, se présente devant lui.* PERCY, *peu à peu, se place de manière à être aperçu du roi.* HERVEY *avec ses gardes.*

H. (*A la reine.*) Par quel hasard avez-vous, ce matin, renoncé si tôt au repos?

A. Le désir de vous voir a été plus vif que celui du repos; je n'ai pas joui, depuis plusieurs jours, du doux aspect de mon époux.

H. Malgré tous mes travaux et les soucis dont je suis accablé, je n'ai pas cessé un instant de veiller sur vous....... Que vois-je? vous en ces lieux, Percy?

A. (*A part.*) Oh ciel!.... c'est Richard!

H. (*A Percy.*) Approchez-vous.

P. (*A part.*) Je tremble!

H. Vous êtes arrivé bien rapidement....

P. Sire, si j'avais tardé un seul instant à venir vous témoigner ma reconnaissance, on aurait appelé cela une faute; mais moi, je me serais cru coupable d'un crime. Je baise humblement la main généreuse qui daigne rendre un proscrit à sa patrie et à sa famille.

H. Ce n'est pas à moi que vous devez ce bienfait; la personne qui, élevée avec vous, a été à même d'apprécier votre candeur et votre loyauté, m'a été depuis long-temps le garant de votre innocence, Anne, enfin....

P. Elle! qu'entends-je?...

A. (*A part.*) Ah! gardons-nous bien de nous trahir.

QUINTETTO.

P. (*A la reine.*) Vous, madame!... Et puis-je croire que vous ayez daigné songer à moi?

A. Tous les habitans du royaume n'ont pas douté de votre innocence et vous ont défendu.

H. Mais, moi, je ne vous ai pas cru coupable, parce qu'elle m'assurait que vous ne l'étiez pas; sans cela, croyez-moi, les témoignages de tous mes sujets auraient été inutiles.

P. Ah! madame!

(*Il se jette aux pieds de la reine, et lui baise la main.*)

A. (*A Percy.*) Oh, ciel! levez-vous.

R. (*A part.*) Il se perd!

H. Hervey! (*Témoignant la plus grande indifférence.*)

HER. Sire!....

(*Percy s'approche de Rochefort, Henri cause du côté opposé avec Hervey. Anne est placée au milieu, s'efforçant de cacher son trouble.*)

ENSEMBLE.

A. (*A part.*) J'ai senti couler ses larmes sur ma main, et la plus vive ardeur se répand dans mon sein.

P. (*Bas à Rochefort.*) Elle songeait à moi dans mon absence! elle supportait avec peine mon exil! Ah! j'oublie tous mes chagrins; mon cœur renait à l'espérance.

R. (*Bas à Percy.*) Que fais-tu, insensé! cache ton émotion; tous les yeux sont fixés sur toi... le trouble de ton âme est peint sur ton visage.

H. (*Bas à Hervey.*) Tu dois agir de manière à ce que mon grand projet réussisse; ne cesse pas de tout écouter, d'épier tous les pas et toutes les démarches.

HER. (*Bas au roi.*) Mon souverain peut compter sur moi; j'exécuterai fidèlement ses ordres; j'en donne ma parole.

CHOEUR. (*A part.*) Que va-t-il arriver? Jamais le roi n'a paru plus doux, plus gai.... Hélas! son sourire est trompeur.... il annonce sa fureur concentrée.

H. (*A Percy, d'un air de bonté.*) Vous voilà revenu dans votre patrie ; votre innocence est reconnue. J'espère que maintenant vous resterez à ma cour, au milieu de mes plus fidèles amis.

P. Sire, peu fait pour le grand monde, presque toujours plongé, malgré moi, dans la tristesse, et préférant vie une solitaire, je ne saurais pas....

H. (*L'interrompant.*) Non, non, je le désire. Rochefort, je le confie à vos soins. Nous allons partir pour la chasse. (*D'un air dégagé, à la reine.*) Madame, adieu !

A. (*S'inclinant et à part.*) Je suis toute saisie !

(*Les cors donnent le signal de la chasse; tout le monde s'apprête à sortir; on forme plusieurs groupes.*

ENSEMBLE.

La fin de ce jour, dont l'aurore a paru sous de si heureux hospices, sera couronnée des événemens les plus heureux.

P. et A. (*A part.*) Ah! puisse le déclin de ce jour ne pas m'être funeste.

H. (*A part.*) Le sort propice amène une autre proie dans mes filets.

(*Anne sort avec ses dames. Henri sort du côté opposé avec Hervey et tous les chasseurs. Rochefort amène avec lui Percy, se dirigeant d'un autre côté.*

SCÈNE IX.

Le Théâtre représente un cabinet du château qui communique aux appartemens d'Anne.

SMETON *seul.*

Tout le monde est parti...... Les dames de la suite de la reine s'occupent ailleurs de leurs travaux....... Et quand même une d'elles me verrait ici, cela ne lui paraîtrait pas extraordinaire, parce que l'on n'ignore pas que la reine me fait venir quelquefois dans cet appartement écarté pour faire de la musique. Je dois remettre à sa place ce portrait chéri (*il tire un portrait de son sein*) que j'ai pris en cachette, avant qu'on ne découvre mon audace.... Image adorée, laisse-moi te couvrir encore une fois de baisers...... Adieu, beauté charmante! placée contre mon cœur, tu paraissais partager ma vive émotion!....

CAVATINE.

Hélas! par un charme inconcevable, il me semblait t'entendre plaindre mes tourmens, et répondre par des soupirs à mes larmes. Alors, l'espoir renaissait dans mon âme, et je te dévoilais la flamme brûlante que j'ai toujours cachée à tes regards. (*Il s'approche de l'appartement de la reine.*) J'entends du bruit..... Quelqu'un s'approche.... j'ai trop tardé!

(*Il se cache derrière le rideau.*)

SCÈNE X.

ANNE et ROCHEFORT.

A. Cesse, de grâce...., mon frère, c'est trop exiger...

R. Daigne l'écouter quelques instans; crois-moi, tu ne cours aucun danger..... mais tu risquerais beaucoup si tu persistais dans ta rigueur qui le réduirait au désespoir.

A. Que je suis malheureuse! et c'est moi qui ai pressé son retour! Eh bien! amène-le ici; mais prends garde qu'il ne pénètre en ces lieux quelqu'un qui puisse me compromettre.

R. Tu peux te fier à moi. (*Il sort.*)

SCÈNE XI.

ANNE et SMETON, *caché*.

S. (*Regardant avec précaution* (*à part.*) Il m'est impossible de sortir... que vais-je devenir ?

A. J'ai été trop faible... je devais refuser... ne le voir jamais.... Hélas ! pourquoi n'ai-je pas suivi les conseils de la raison ? mon lâche cœur ne les a pas écoutés.

SCÈNE XII.

PERCY, ANNE.

A. Le voici !... je tremble... je frissonne....

P. Anne !

A. Richard! ah ! soyons prudens.. il ne faut pas trop prolonger l'entrevue... Que veux-tu ? tu viens peut-être me reprocher d'avoir trahi ma foi... j'en ai été cruellement punie, comme tu sais... j'ambitionnais une couronne, je l'ai obtenue; mais elle est entourée d'épines.

P. Je te vois malheureuse, et mon courroux s'évanouit. La douleur qui m'accable est empreinte sur mon visage... Mais je te pardonne ; près de toi, j'oublie tous mes malheurs comme le nautonnier qui arrivé au port, après le naufrage, oublie la fureur des ondes... Ton doux aspect appaise tous mes maux.... tu es le seul soutien de ma vie !

A. Malheureux ! à quel fol espoir te livres-tu? ne sais-tu pas que je suis l'épouse du roi ?

P. Ah ! ne me le dis pas... je ne veux pas, je ne dois pas le savoir : je ne vois en toi que ma chère Anne... et ne suis-je pas ton Richard ?... celui qui t'a toujours aimée avec la plus vive ardeur ! celui qui, le premier, t'a appris à aimer !... et le roi ne te hait-il pas ?

A. Oui, il m'abhorre.

FINAL.

P. Ah! s'il te déteste, moi je t'aime comme je t'aimais avant ton élévation. Oublie près de moi le mépris et la rigueur d'un époux aussi ingrat. Ne préfère pas un cruel tyran à l'amant qui t'adore.

A. Ah! ne sais-tu pas que nos nœuds sont aussi sacrés qu'effroyables.... que les soupçons et la terreur siégent avec moi sur le trône? O ciel! s'il est vrai que tu m'aimes, ne m'en parle jamais plus.

ENSEMBLE.

A. Sensible à l'état affreux où je me trouve, cède à mes prières, à mes larmes; fuis loin de moi. Que l'Océan nous sépare.... Cherche ailleurs un cœur moins malheureux qui puisse aimer sans se rendre coupable d'un crime.

P. Je suis prêt à te faire le sacrifice de ma vie, si tu l'exiges; mais permets-moi de rester et de soupirer en secret: il me sera doux de souffrir et de gémir auprès de toi.

A. (*D'un air décidé.*) Partez, je vous l'ordonne.... Quelqu'un pourrait nous entendre...

P. J'obéirai... mais dis-moi auparavant si je te reverrai... promets-moi... jure...

A. Je ne te reverrai jamais; je le jure.

P. Jamais!... voilà ma réponse à ton serment. (*Il tire son épée pour s'en frapper.*)

A. (*Jetant un cri.*) Ah! barbare! que fais-tu?

SCÈNE XIII.

SMETON et LES PRÉCÉDENS.

S. Arrêtez! (*Il tire son épée.*)

A. Juste ciel!

P. Ne vous approchez pas. (*Ils sont prêts à s'élancer l'un contre l'autre.*)

A. Oh ciel! cessez.... je suis perdue!.... on vient.... je me sens mourir! (*Elle se laisse tomber sur un siége.*)

SCÈNE XIV.

ROCHEFORT, *accourant tout effrayé, et* LES MÊMES.

R. Ah! ma sœur!

S. Elle s'est évanouie.

R. Voici le roi.

S. P. Le roi!

SCÈNE XV.

HENRI, HERVEY et LES PRÉCÉDENS.

H. Que vois-je! on est prêt à se battre.... on tire l'épée dans mon palais! Holà! gardes!...

SCÈNE XVI.

LES MÊMES, SEIGNEURS DE LA COUR, DAMES D'HONNEUR, PAGES, SOLDATS, *qui s'empressent de répondre à l'appel du roi, ensuite* JEANNE SEYMOUR.

P. Destin funeste!

CHOEUR. Qu'est-il arrivé?

S. R. (*A part.*) Que dire! que faire!
(*Après quelques momens de silence.*)

H. Tout le monde se tait..... vous êtes tous saisis de frayeur.... quel complot allait-on ourdir en ces lieux? Je lis sur votre figure ma honte et mon déshonneur... Toute la cour est témoin qu'elle trahissait son roi...

S. Sire!... ah! sire! vous vous trompez!... je le jure à vos genoux!

H. (*A Smeton.*) Quelle audace! A la fleur de l'âge, tu sais déjà si bien mentir!

S. Si vous croyez que je mens, arrachez-moi la vie. Frappez, voilà mon sein! (*Le portrait de la reine tombe par terre.*)

H. Quel est ce bijou?...

S. Oh ciel!

H. Que vois-je! j'en crois à peine mes yeux.... Voilà le témoin irrécusable de sa noire perfidie.

P. A. (*A part.*) Quel tourment!

S. R. (*A part.*) Quelle frayeur!

A. (*Revenant à elle-même.*) Où suis-je?... Ah! seigneur! (*Elle s'approche de Henri qui frémit; tous les autres gardent le silence et baissent les yeux.*)

ENSEMBLE.

A. (*A Henri.*) Sire, je lis dans vos regards vos cruels soupçons... mais, de grâce, ne me condamnez pas encore... Suspendez votre jugement. Laissez-moi reprendre un peu de force.

H. Voici la preuve de votre horrible forfait : les larmes sont inutiles; fuyez loin de mes regards. Il serait bien heureux pour vous de perdre à l'instant la vie.

P. (*A part.*) Oh ciel! voilà mon rival... mon heureux rival! Et la perfide voulait m'éloigner d'elle! O sort inexorable, hâte-toi de m'accabler de toute ta fureur.

J. (*A part.*) O ciel! comment puis-je avoir le courage de rester près de cette infortunée? Comment mon cœur n'est-il pas glacé d'horreur? Ah! mon fatal attachement a détruit en moi le germe de toutes les vertus.

S. R. (*A part.*) Ah! c'est moi-même qui l'ai perdue! J'ai mis le comble à son infortune! mes yeux se couvrent d'un voile ténébreux... mes pas chancellent... Hélas! il serait heureux pour moi de perdre à l'instant la vie.

H. Qu'ils soient tous entraînés séparément dans des cachots.

A. Tous !... ah ! sire !

H. Éloignez-vous.

A. Un seul mot...

H. Laissez-moi. Les juges seuls écouteront ce que vous avez à dire pour votre défense.

A. Des juges !... pour une reine !...

P. S. et R. (*A part.*) Qu'elle est à plaindre !

J. et le CHOEUR. (*A part.*) Sa mort est arrêtée !

ENSEMBLE.

A. (*A part.*) Oh ciel ! mon sort est inévitable ! celui qui m'accuse a le pouvoir de me faire condamner. Ah ! je vais succomber à cette loi tyrannique ! Mais après ma mort, mon innocence sera reconnue, ainsi que l'injustice de mon persécuteur.

H. (*A part.*) Oui, son sort est arrêté, si mes soupçons se confirment.... Celle qui partage mon trône doit avoir une conduite irréprochable. Sa mort me fera souffrir, mais elle est inévitable, si les juges la condamnent.

P. J. S. et R. (*A part.*) Hélas ! mon sort est arrêté ; tous mes efforts sont inutiles... il est inévitable... rien ne peut m'y soustraire.... Le frisson de la mort circule déjà dans mes veines, et je ne succombe pas encore !

CHOEUR. (*A part.*) Quel sort affreux ! ah ! de tous les fléaux dont le trône anglais fut attaqué, voilà le plus effroyable. Le crime persécute l'innocence ! Elle va succomber à son fatal pouvoir.

FIN DU PREMIER ACTE.

ACTE SECOND.

SCÈNE PREMIÈRE.

Le Théâtre représente un cabinet qui communique à l'appartement où la reine est enfermée.

(*Des gardes sont placées devant les portes.*)

CHOEUR des Dames de la suite de la reine.

Hélas! où sont-ils donc maintenant, ces flots d'adulateurs qui ne cessaient de l'assiéger lorsqu'elle était heureuse! Seymour même l'abandonne! Mais nous, ô reine infortunée, qu'on apprête ton triomphe, ou qu'on t'entraîne dans l'abîme, nous resterons toujours avec toi. Le sort ne t'a laissé qu'un petit nombre de personnes qui s'intéressent à ton sort; mais elles te sont entièrement dévouées. La voici, pâle, abattue. Elle se traîne avec peine. (*Anne sort de la prison; les Dames vont à sa rencontre. Elle vient s'asseoir sur le devant de la scène.*)

SCÈNE II.

ANNE, LES PRÉCÉDENTES, *ensuite* HERVEY *avec des gardes.*

CHOEUR des Dames.

Courage, madame! ayez confiance dans la bonté céleste... vos pleurs se tariront; la vertu ne sera pas immolée!

A. O vous qui seules plaignez mon malheur! ô mes fidèles consolatrices! j'avoue qu'on doit compter sur la justice et la clémence de Dieu... lui seul... oui... Dans ce monde, rien ne peut me soustraire à l'abîme qu'on a ouvert sous mes pas. (*Hervey paraît.*) Hervey, quelles nouvelles m'apportez-vous?

H. Auguste reine, je regrette infiniment d'avoir été chargé par les pairs... qui doivent vous juger...

A. Eh bien ! achevez...

H. Ils ont ordonné que les dames de votre suite paraissent devant leur tribunal.

CHOEUR. Nous?

A. Le roi persiste donc dans son horrible projet ? Il aura le courage de me frapper d'une manière aussi cruelle ?

H. Je ne puis rien répondre.

A. Je suis forcée d'obéir à ses ordres quels qu'ils soient..... Mes tendres amies, hâtez-vous d'aller attester mon innocence.

CHOEUR. O jour funeste !

A. (*Après les avoir embrassées.*) Allez. (*Les Dames sortent avec Hervey.*)

SCÈNE III.

ANNE, *ensuite* JEANNE SEYMOUR.

A. (*Après le départ de ses Dames, la reine lève les mains au ciel, s'agenouille et dit.*)

O Dieu clément, qui lis dans mon cœur, c'est à toi que je m'adresse.... tu sais si je mérite la honte dont on m'accable... (*Elle s'asseoit et pleure.*)

J. (*A part.*) La malheureuse verse des larmes ! Ah ! comment pourrai-je soutenir ses regards ?

A. Oui, les tourmens de Catherine d'Aragon doivent être vengés ; et la juste rigueur du ciel me condamne à un terrible châtiment.... mais n'est-il pas trop affreux ?

J. (*Elle s'approche en pleurant, se jette à ses pieds et lui baise la main.*) O ma souveraine !

A. Seymour ! eh quoi ? tu reviens auprès de moi ! tu ne m'as pas tout-à-fait oubliée ? lève-toi... Que vois-je ?

tu pâlis... tu trembles!... Viens-tu m'annoncer quelque nouveau malheur?

J. Oui.... un malheur horrible... insupportable!.... Hélas! il ne m'est pas donné de vous offrir des consolations. Écoutez-moi... la trame est tellement ourdie qu'il est impossible de vous sauver. Le roi veut, à quelque prix que ce soit, briser vos tristes nœuds. Ne pouvant pas conserver la couronne, tâchez au moins de sauver votre vie.

A. Et comment? explique-toi.

J. J'appréhende de vous le dire... Cependant je le dois.... En vous avouant coupable, vous rendez la liberté au roi, et il vous sauvera de la mort.

A. Que dis-tu?

J. Le destin qui vous persécute ne vous laisse pas d'autre moyen de salut.

A. Et tu as le courage de me donner ce conseil, toi, ma tendre amie?

J. Ah! de grâce... Songez...

A. Tu veux que j'achète ma vie au prix de l'infamie?

J. Vous préférez une mort ignominieuse?... Madame, ô ciel! cédez.... le roi vous y engage, et la malheureuse, dont Henri est épris, et qui doit monter sur le trône, vous en conjure...

A. Et qui est-elle? la connais-tu? parle.... Elle ose me conseiller une lâcheté!... une lâcheté à sa souveraine! parle : qui est-elle?

J. (*En sanglottant.*) Une victime infortunée....

A. Qui est la cause de tous mes malheurs!

DUO.

Que dieu l'accable de toute sa fureur!

J. De grâce, écoutez-moi....

A. Que son lâche cœur soit déchiré comme le mien!

J. Ah! pardon!..

A. Que la couronne qu'elle ambitionne ne soit formée que d'épines! (*Poursuivant avec plus de véhémence. Jeanne est éperdue et ne peut plus résister, etc.*) Que les soucis, les soupçons et la terreur entourent toujours la couche royale! Que mon spectre menaçant paraisse tous les jours devant elle et son coupable époux! Que le roi, plus barbare envers elle qu'envers moi, lui refuse le bienfait de la mort.

J. Quel arrêt fatal!... Je me meurs!... Ah! cessez. Ayez pitié de moi!

(*Elle tombe aux genoux d'Anne, et les embrasse.*)

A. Toi!!... Qu'entends-je?

J. Oui, celle qui t'a trahie est à tes pieds....

A. Toi, ma rivale!

J. Oui, moi. Je suis très-malheureuse, et le remords déchire mon cœur.

A. Fuis loin de mes yeux!... Laisse-moi!

J. Non, non. Pardonnez-moi! Je suis assez punie. (*Avec la plus vive émotion. Anne commence à s'attendrir.*) N'ayant pas la moindre expérience, on a pu aisément me flatter, me séduire. J'aime Henri, et j'en suis honteuse. Cet amour fait mon supplice.... Je n'ai pas cessé de souffrir, de pleurer, et mes larmes n'ont pas pu éteindre ma fatale ardeur.

A. Ah! lève-toi...., lève-toi.... Celui qui alluma dans ton sein cette flamme brûlante, est le seul coupable.

(*Elle l'aide à se relever, et l'embrasse.*)

ENSEMBLE.

A. Malheureuse victime, laisse-moi.... Emporte avec toi le pardon d'Anne de Boulen.... Entraînée par une aveugle fureur, je t'ai souhaité bien du mal... Mais, maintenant, je demande ta grâce à Dieu; et il daignera te l'accorder. Reçois dans ces adieux le gage de mon pardon et de mon amitié.

J. Ah! ton pardon me fait plus de mal que ton juste courroux. Tu me laisses un trône où je dois recevoir le châtiment du crime dont je me suis rendue coupable. C'est là que Dieu me frappera de sa foudre vengeresse. Ah! ces pénibles adieux sont le commencement de mon supplice....

(*Anne rentre dans ses appartemens. Jeanne, hors d'elle-même, sort du côté opposé.*)

SCÈNE IV.

Le théâtre représente un vestibule qui communique à la grande salle du conseil.

(*Des soldats en gardent les issues.*)

SEIGNEURS DE LA COUR, *ensuite* HERVEY, CHOEUR.

1. Hé bien! quel est le coupable qu'on a amené devant les juges?

2. Smeton.

1. Ce jeune page a-t-il dévoilé quelque crime?

2. On ignore le résultat de la procédure. Le tribunal est encore assemblé.

TOUS. Ah! veuille le ciel que Smeton, jeune et inexpérimenté, ne soit pas trop faible, et ne se laisse séduire par l'espoir, ou vaincre par la crainte!

Voici Hervey.

(*Hervey paraît.*)

H. (*Aux soldats.*) Qu'on amène Anne et Percy.

CHOEUR. Que va-t-il arriver?

H. Smeton a parlé.

CHOEUR. L'imprudent aurait-il accusé la reine?

H. Il a dévoilé un crime qui nous a fait tous frémir et rougir.

CHOEUR. Qu'elle est à plaindre!

(*A part.*) C'est le roi qui est son accusateur.

SCÈNE V.

HENRI, HERVEY, et CHOEUR.

H. Éloignez-vous. Voici le roi.

(Le chœur sort.)

(A Henri.) Sire, d'où vient que vous avez quitté l'assemblée?

HEN. Ma présence maintenant y serait inutile. Le premier coup est porté....; et, pour ne pas faire naître de soupçons, je me suis retiré.

H. Ah! l'on a pas eu beaucoup de peine à faire tomber Smeton dans le piége.

HEN. Que le jeune insensé retourne dans sa prison, et qu'il ne cesse pas de croire, jusqu'à ce que ma vengeance soit accomplie, qu'il a sauvé les jours de la reine.... Elle approche....

H. Percy s'avance de l'autre côté.

HEN. Évitons de le voir.

(Prêt à sortir.)

SCÈNE VI.

ANNE et PERCY, *au milieu des gardes entrant de deux côtés opposés.*

A. *(A Henri.)* Sire, arrêtez!

(Henri est toujours prêt à sortir.)

(Anne s'approchant, et avec dignité.) Arrêtez! Écoutez-moi.

HEN. Le conseil vous entendra.

A. Je tombe à vos pieds. Sire, arrachez-moi la vie; mais ne m'exposez pas à la honte d'un jugement public. Qu'on respecte la dignité de mon rang.

HEN. Avez-vous respecté les droits sacrés de votre roi? Épouse de Henri, vous préfériez un Percy!..

P. (*Qui se tenait à l'écart, s'avance à ces mots, et dit*) Vous n'avez pas dédaigné d'être le rival de ce Percy que vous avez l'air de mépriser maintenant.

HEN. Téméraire !... Tu oses !...

P. Vous dire la vérité. Écoutez : Je vais bientôt paraître devant un tribunal beaucoup plus sacré et plus terrible que le vôtre. Eh bien ! je jure en son nom, oui, je jure qu'elle ne vous a pas offensé, qu'elle m'a toujours repoussé et détruit toutes mes espérances.

HEN. Croyant un ignoble page plus digne de son amour, elle lui a cédé.... C'est lui-même qui l'avoue...., et il en donne mille preuves....

A. (*Avec énergie.*) Cessez.... Cette indigne calomnie me rend tout mon courage, et je déclare hautement, sire, que Smeton a été gagné et séduit par vous.

HEN. Femme audacieuse !

A. Je brave votre puissance. Vous pouvez me condamner à la mort, mais non pas à l'infamie. Je ne suis coupable que d'avoir préféré le trône à un cœur aussi noble que celui de Percy, et crut en même temps que c'était un bonheur suprême d'être la femme d'un roi.

P. (*A la reine.*) O joie incomparable ! non, vous n'avez pas nourri dans votre cœur une aussi indigne flamme... J'en suis sûr... Cette certitude fait mon bonheur, et je me résigne sans regret à mon sort... Mais vous vivrez ! oui, vous vivrez !

HEN. Qu'entends-je ?

TRIO.

Perfides ! vous périrez tous les deux. Eh ! qui pourrait vous soustraire à la mort ?

P. La justice.

A. La justice ! Elle est nulle à la cour de Henri.

HEN. La justice n'a cessé de régner en Angleterre que lorsqu'une reine dût vous céder la place ; mais elle va reprendre son empire.

P. Et vous, sire, vous obéirez le premier à ses arrêts. Si l'on doit venger les droits sacrés d'un époux, qu'on commence par les miens ; le ciel les a sanctionnés.... Je suis son époux. (*Indiquant la reine.*)

HEN. Toi, son époux !

A. Hélas ! que dites-vous ?

HEN. Quelle audace !

P. Je revendique mes droits. Rendez-la-moi ; elle m'appartient.

HEN. (*A Anne.*) Vous l'aviez épousé ?

A. (*Incertaine.*) Moi !

P. Peux-tu le nier ?

A. (*A part.*) O ciel !

ENSEMBLE.

P. Dès ton jeune âge, tu as été à moi. Tu m'as quitté ensuite.... J'ai beaucoup souffert ; mais malgré ton infidélité, je n'ai jamais cessé de t'aimer. Celui qui m'a enlevé l'objet de mon ardeur veut te ravir l'honneur et la vie. Et moi je t'ouvre mes bras, et suis prêt à te rendre la vie et l'honneur.

A. Ah ! voilà une nouvelle preuve de la magnanimité de ton cœur. Je maudis le jour où je t'ai trompé et abandonné pour ce cruel tyran ! Le juste ciel m'a punie d'avoir trahi ma foi.... Je n'ai trouvé sur le trône que le deuil, le désespoir et l'horreur.

H. (*A part.*) La ruse, le complot sont évidens ; mais inutiles...... Perfides, n'espérez pas que je songe à vous démentir... Vous recevrez le châtiment que vous méritez... Et vos trames n'auront servi qu'à vous rendre plus malheureux. Gardes, qu'on les amène devant les juges.

A. (*A Henri.*) Vous persistez ?....

P. Le conseil nous entendra.

H. (*A Percy.*) Va... fais valoir tes anciens nœuds : ne crains pas que je veuille les briser.

A. (*A Henri.*) O ciel ! expliquez-vous..... votre fureur concentrée n'en est que plus terrible.

H. Couple indigne, votre fraude retombera sur votre tête criminelle.

ENSEMBLE.

H. Une femme plus digne de mon amour montera sur le trône d'Angleterre (*à Anne*), tu périras, et ton nom sera couvert d'infamie.

A. et P. Qu'une autre femme n'apprenne jamais combien le don de ta main est funeste ! Et puisse l'Angleterre ne revoir jamais l'exemple d'une semblable barbarie !

(*Anne et Percy sortent au milieu des soldats.*)

SCÈNE VII.

HENRI, *ensuite* JEANNE SEYMOUR.

H. Elle était l'épouse de Percy avant de devenir la mienne ! .. Épouse de Percy ! non, non, cela ne peut pas être... C'est un mensonge, par lequel elle espère se soustraire à la loi qui la condamnerait comme coupable d'adultère ; mais, quand même cela serait, une autre loi, non moins terrible, va la frapper et l'entraîner dans l'abîme avec sa fille.

J. Sire !...

H. Ah ! viens, ma chère Seymour ! tu vas monter sur le trône.

J. Sire.... accablée de remords, je tombe à vos pieds.

(*Elle veut s'agenouiller, Henri la relève.*)

H. Des remords ?

J. Oui, des remords amers, cuisans, horribles... J'ai vu la reine.... je l'ai entendue... ses larmes ont pénétré dans mon cœur. — Daignez avoir pitié d'elle et de moi... Je ne veux pas être la cause de sa mort... je ne le puis pas... Non... O mon roi, recevez mes derniers adieux.

H. Je ne suis pas seulement ton roi, je suis ton amant... J'ai reçu tes sermens, et bientôt j'en recevrai d'autres plus sacrés, aux pieds de l'autel.

J. Ah! pourquoi les ai-je faits ces funestes sermens qui m'ont perdue? Ah! sire, permettez-moi d'aller les expier dans un asile solitaire, où personne ne puisse me voir, et le ciel seul entende mes soupirs.

H. Et comment as-tu pu former un semblable projet? Espères-tu, en partant, sauver les jours d'Anne? tu te trompes. Je la hais beaucoup plus depuis que je sais qu'elle te cause tant de tourmens, et qu'elle est parvenue, par ses plaintes, à éteindre ta flamme.

J. Ma flamme, hélas! n'est pas éteinte; elle brûle et consume mon cœur.

AIR.

Que cet amour invincible, auquel j'ai fait le sacrifice de ma vertu, que les cruels tourmens qui m'accablent, et les larmes que je n'ai cessé de verser, vous rendent moins inflexible! Écoutez ma prière! sauvez la vie de la reine; ne me rendez pas encore plus coupable, aux yeux du ciel et de la terre!

H. Insensée! ignores-tu? (*On ouvre les portes du conseil.*) Mais calme-toi... l'assemblée des pairs est dissoute.

J. De grâce, écoutez-moi!

H. (*D'un air sévère.*) Contenez-vous. (*Seymour est au désespoir.*)

SCÈNE VIII.

(HERVEY, *avec des schérifs qui apportent l'arrêt du conseil; en même temps les seigneurs de la cour, les dames d'honneur accourent de différens côtés.*)

HER. Les pairs ont cassé, à l'unanimité, le mariage du

roi, et condamné à la mort Anne, son infidèle épouse, avec tous ses complices.

CHOEUR. (*A Henri.*) Seigneur, l'arrêt est soumis à votre volonté; vous êtes le juge suprême, et votre royale clémence est l'unique espoir des malheureux condamnés. Les rois sont ici-bas l'image de la bonté céleste.

H. J'y réfléchirai. La justice est la première vertu des rois. (*Il prend la sentence de mort qu'un des schérifs tient à la main. Jeanne s'approche de Henri avec un air imposant.*)

J. Ah! songez que le ciel et la terre ont les yeux sur vous, que nous sommes tous sujets à faillir, et devons avoir pitié des malheureuses victimes de la rigueur des lois. Sire, n'écoutez que la voix de la clémence, et daignez pardonner.

H. Il suffit. Que les pairs s'assemblent de nouveau devant moi.

CHOEUR. Sire, n'écoutez que la voix de la clémence, et daignez leur accorder le pardon.

(*Tout le monde sort; Henri entre dans la salle du conseil.*)

SCÈNE IX.

Le Théâtre représente la prison de la tour de Londres.

PERCY, *au milieu des gardes; ensuite* ROCHEFORT.

P. Toi aussi, condamné à la mort! toi, qui n'es coupable d'aucun crime!

R. C'est un grand crime, que d'être le frère d'Anne.

P. Oh Dieu! c'est moi qui t'ai entraîné dans ce fatal abîme!

R. J'ai mérité d'y tomber, moi qui, séduit par une aveugle ambition, j'ai donné à ma sœur le conseil de tâcher de parvenir au trône.

P. Oh ! mon ami !... tes regrets augmentent les miens. Hélas ! si je pouvais me flatter de te sauver la vie, ce doux espoir me rendrait la mort beaucoup moins pénible.

R. Séparons-nous sans faiblesse...... Quelqu'un s'approche.....

SCÈNE X.

HERVEY et LES PRÉCÉDENS.

H. Je viens vous apporter une heureuse nouvelle. Le roi, aussi clément que juste, fait à tous les deux grâce de la vie.

P. Grâce de la vie, à nous seulement ! et la reine ?...

H. Elle doit subir sa peine.

P. Et il me croit assez lâche pour vivre, moi coupable, lorsqu'elle, qui est innocente, va mourir ! Retournez auprès de votre roi, et dites-lui que je n'ai pas accepté sa grâce infamante.

H. Qu'entends-je ? (*A Rochefort.*) Et vous ?...

R. Je suis prêt à marcher au supplice.

(*Il se jette dans les bras de Percy.*)

AIR.

P. Conserve ta vie, je t'en conjure ; toi, qui es moins malheureux et moins à plaindre que moi ; cherche un asile lointain où tu puisses vivre à l'abri des méchans ; cherche un pays où tu puisses prier pour nous. Ah ! qu'il existe au moins quelqu'un à qui l'on ne défende pas de pleurer ici-bas notre sort.

R. Percy, je n'ai pas moins de courage que toi.

H. Que décidez-vous ?

P. R. De marcher à la mort.

H. Qu'on les sépare.

P. R. Cher ami ! adieu !

P. Admirant ton courage, mon cœur se console; je ne craignais que ta peine! je ne sentais que le poids de ton malheur. Notre dernière heure approche.... Nous saurons braver la mort, et périrons sans regret.

(Ils s'embrassent et sortent au milieu des soldats.)

SCÈNE XI.

Le Théâtre représente le vestibule de la prison.

(Les Dames de la suite d'Anne sortent de la prison où elle est enfermée.)

CHOEUR.

ENSEMBLE. Qui pourrait s'approcher d'elle sans verser des larmes, et voir le deuil et l'horreur qui l'entourent, sans se sentir déchirer le cœur?

ALTERNAT. Quelquefois muette et immobile comme une pierre, quelquefois marchant lentement ou avec rapidité, triste et pâle comme une ombre ou feignant de sourire........ Changeant d'aspect, d'après les idées et les sentimens qui l'agitent, elle est plongée dans le délire et la douleur...

ENSEMBLE. Qui pourrait s'approcher, etc.

SCÈNE XII.

ANNE, *qui sort de sa prison.*

(Elle est habillée simplement avec la tête découverte; entièrement absorbée, elle s'avance lentement. Silence général. Les dames vivement émues l'entourent, elle les observe alternativement et paraît éprouver une douce satisfaction.

A. Vous pleurez!.... quelle est la cause de vos larmes? C'est le jour de ma noce: le roi m'attend... les flambeaux brillent sur l'autel, parsemé de fleurs. Donnez-moi mon voile blanc... posez sur mon front ma couronne de roses... que Percy ne le sache pas... le roi le veut ainsi.

CHOEUR. Oh funeste souvenir!

A. D'où viennent ces cris plaintifs? qui a parlé de Percy? je ne veux pas le voir... je dois me cacher à ses regards... Oh ciel! il n'est plus temps. Le voilà! il m'accuse... il me fait d'amers reproches... Ah! pardonne-moi! je suis bien malheureuse! sauve-moi d'un état si douloureux.... Tu souris?.. Oh bonheur!... Non, non, je ne mourrai pas ici abandonnée de tout le monde!

AIR.

Conduis-moi au château chéri de mes ayeux, auprès des verts platanes et du paisible ruisseau qui, par son murmure, répète encore nos soupirs. Là, oubliant tous nos malheurs passés, rends-moi un jour de notre jeune âge, un seul jour de nos amours.

CHOEUR. Qui pourrait?.. etc.

(*On entend le roulement des tambours. Des gardes paraissent. Hervey entre suivi des seigneurs de la cour. Anne tressaille*).

A. Quels sons plaintifs!.. que vois-je! Hervey!.. des gardes! (*Elle les observe attentivement et revient à elle.*)

H. (*Aux gardes*). Allez, faites sortir les prisonniers de leurs cachots, et amenez-les ici.

A. (*Effrayée.*) Oh! ciel! dans quel moment fais-tu cesser mon délire... pourquoi ne pas m'y laisser plongée!

SCÈNE DERNIÈRE.

PERCY, ROCHEFORT *et ensuite* SMETON *paraissent entourés de gardes.*

R. Anne!

A. Mon frère!.. et toi, Percy... c'est pour moi, oui pour moi que vous allez mourir!

S. Non, c'est moi seul qui ai causé votre perte... Maudissez-moi. (*Il s'avance et se jette aux pieds d'Anne*).

A. Smeton ! (*Elle s'éloigne avec effroi, et se couvre le visage avec son voile.*)

P. Scélérat !

S. Hélas ! oui je le suis .. je dois descendre dans le tombeau tout couvert d'ignominie. .je me suis laissé séduire par le roi... je vous ai accusée, croyant vous sauver la vie.... Un vain désir, un fol espoir que j'ai renfermés pendant une année dans mon sein m'ont engagé à mentir... Maudissez-moi !

A. Smeton !... approche-toi : lève-toi... que fais-tu?.. pourquoi n'accordes-tu pas ta harpe ? Qui en a brisé les cordes ? (*Smeton est toujours à genoux, la reine le relève.*)

R. Anne !

P. Que dis-tu ?

LES DAMES. Elle retombe dans son délire !

A. Elles résonnent sourdement, pareilles aux gémissemens entrecoupés d'une mourante... c'est mon cœur blessé qui adresse au ciel ses derniers vœux. Ecoutez tous.

P. R. S. O peine cruelle !

CHANT. Elle est hors d'elle-même.

ENSEMBLE.

A. O ciel ! daigne calmer enfin mes affreux tourmens ! et que mon cœur ne palpite plus que d'espérance !

TOUS. O dieu propice ! prolonge son délire jusqu'à ce que sa belle âme s'envole au ciel. Ah ! puisse-t-elle ne se réveiller que dans ton sein ! (*Silence général.*)

(*Tout-à-coup on entend des coups de canon dans le lointain, Anne revient peu à peu à elle-même.*)

A. Qui me réveille ? où suis-je ? qu'entends-je ? quels sons d'allégresse ! qu'est-il arrivé ? parlez.

CHOEUR. Le peuple joyeux fête la nouvelle reine...

A. Ah! taisez-vous... ne m'en dites pas davantage... O ciel! il ne manque plus que le sang d'Anne pour accomplir l'œuvre criminelle... et l'on va le répandre!

(*Elle s'appuie sur ses dames*)

TOUS. Oh ciel! épargne à son âme oppressée ce dernier coup auquel elle ne pourrait pas résister!

A. Couple perfide! dans cet instant solennel, je n'appelle pas sur vous la foudre vengeresse... Je vais descendre dans le tombeau qui est ouvert sous mes pieds, le pardon sur mes lèvres... Ah! puisse-t-il me faire trouver grâce auprès de l'Eternel, et me rendre digne de sa clémence. (*Elle s'évanouit.*)

TOUS. L'infortunée... elle tombe... elle meurt!

(*Les schérifs se présentent et viennent chercher les prisonniers : Percy, Rochefort et Smeton vont à leur rencontre, et montrant la reine, ils s'écrient :*)

TOUS. On a déjà immolé une victime!

(*La toile tombe.*)

FIN.

www.ingramcontent.com/pod-product-compliance
Ingram Content Group UK Ltd.
Pitfield, Milton Keynes, MK11 3LW, UK
UKHW021209230726
13926UKWH00001B/412